Voici l'histoire du cochon du Vieux Bill.

Un jour, Vieux Bill se rend à la ville.
Il fait chaud. Il fait sec.
Le soleil brille dans le ciel.
Le cochon du Vieux Bill va s'asseoir
près de la mare aux canards.

« Coin ! » font les canards.
« Qwack ! » font les oies.
Ils se rafraîchissent dans l’eau
de la mare du Vieux Bill.

Le cochon est assis au soleil.
Il regarde la mare.
« Coin ! » font les canards.
« Qwack ! » font les oies.
« Oink ! » fait le cochon.
Il ne les rejoint pas,
car les cochons ne nagent pas.

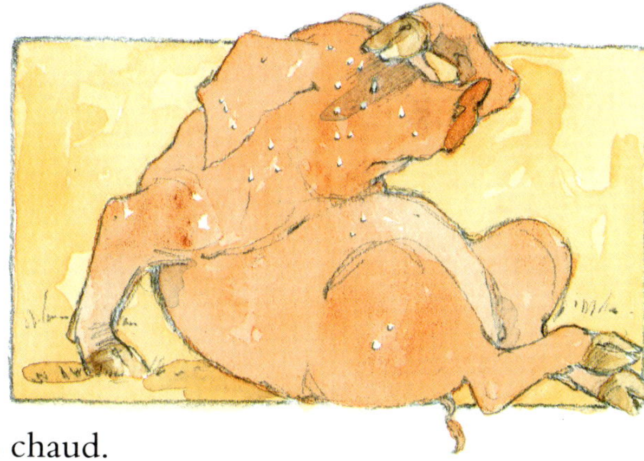

Le cochon assis au soleil a de plus en plus chaud.

« Coin, coin ! » font les canards.

« Qwack, qwack ! » font les oies.

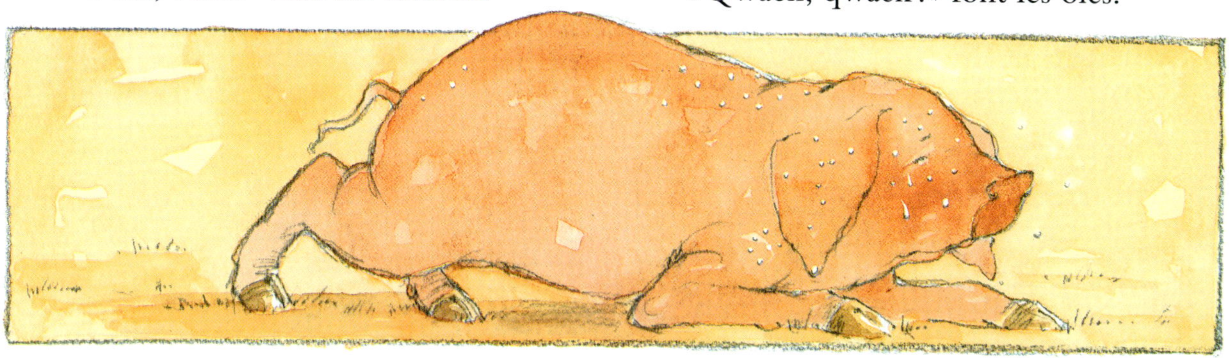

« Oink, oink ! » fait le cochon. Il reste là, car les cochons ne nagent pas.

Le cochon rôtit et rissole, et regarde l’eau.
« Coin, coin, coin ! » font les canards.
« Qwack, qwack, qwack ! » font les oies.
« Oink, oink, oink ! » fait le cochon.

Il se lève

volte

et virevolte

sautille

et frise sa queue

et…

…il plonge dans l'eau ! SPLASH !

SPLASH! SPLASH!

SPLASH! SPLASH!

SPLASH !

SPLASH !

SPLASH !

SPLASH !

Les remous rejettent les oies et les canards sur le bord de la mare.

« Coin, coin, coin, coin ! » font les canards.
« Qwack, qwack, qwack, qwack ! » font les oies,
ce qui signifie en clair :
« Le cochon est dans la mare ! »

« Le cochon est dans la mare ! »

« Le cochon est dans la mare ! »

La nouvelle circule, se répand, se propage :

« Le cochon est dans la mare ! »

« Le cochon est dans la mare ! »

« À la ferme du Vieux Bill, le cochon est dans la mare ! »

De tous les champs alentour, ils accourent voir
le cochon dans la mare du Vieux Bill.
C'est alors que…

…Vieux Bill rentre avec sa carriole !

Vieux Bill regarde le cochon.
« Oink ! » fait le cochon.
Vieux Bill enlève son chapeau.

Vieux Bill regarde le cochon.
« Oink, oink ! » fait le cochon.
Vieux Bill enlève ses bottes
et son pantalon.

Vieux Bill regarde le cochon.
« Oink, oink, oink ! » fait le cochon.
Vieux Bill enlève sa chemise.

Vieux Bill regarde le cochon.
« Oink, oink, oink, OINK ! »
fait le cochon.
Vieux Bill enlève son caleçon et…

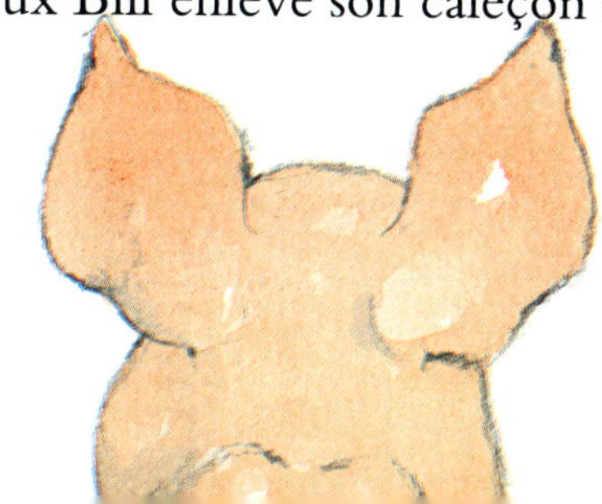

SPLASH ! Vieux Bill rejoint le cochon dans la mare.

Que se passe-t-il ensuite ?

S P L C

OOUUUSH !

Ils rejoignent tous le cochon dans la mare !

C'etait l'histoire du cochon du Vieux Bill.